一隻貓熊匆匆忙忙……

你這麼著急要去哪裡呀？

我要找
一棵樹。

等等，我身上也好癢呢，我也去！

一定是去蹭癢癢吧？

這裡有一棵樹！

不，這棵樹不夠高。

你們要去哪裡呀？

去找一棵高高的樹。

一定是去挖樹洞吧？
等等，我也去！

那棵樹很高！

不，那棵樹不夠粗。

你們要去哪裡呀？

去找一棵粗粗的樹。

一定是去摘果子吧？
等等，我的肚子咕咕叫，我也去！

我要找的樹這裡都沒有……

你是要找一棵樹做窩嗎？

跟我來！

這棵樹剛剛好！

他到底要

做什麼呢？

噓——

註：公貓熊習慣用尿液標記地盤，牠們會尋找樹皮粗糙的樹，
然後往樹上倒立尿尿！尿的越高，氣味傳的越遠。

鞏孺萍

中國作家協會會員，海外華文女作家協會會員，曾獲冰心兒童文學新作獎、中日友好兒童文學獎、江蘇省紫金山文學獎。作品入選「向全國青少年推薦百種優秀出版物」、中俄文學作品互譯出版項目、「中國童書榜」100佳童書、上海好童書、桂冠童書等。

著有《窗前跑過栗色的小馬》《我的第一本昆蟲記》《打瞌睡的小孩》《今天好開心》等兒童詩集以及繪本。作品被譯成英語、法語、俄語、阿拉伯語、越南語、土耳其語等多種語言在海外出版，並被美國普林斯頓大學兒童圖書館、德國慕尼黑國際青少年圖書館永久收藏。

王祖民

蘇州人，現任《東方娃娃》藝術總監，著名兒童圖書插畫家、資深編審、《兒童故事畫報》原主編。代表作有《會飛的蛋》《梁山伯與祝英台》《新來的小花豹》《豬八戒吃西瓜》《虎丘山》《我是老虎我怕誰》《六十六頭牛》等。其中，繪本《虎丘山》曾獲聯合國教科文組織「野間獎」，《我是老虎我怕誰》入選2016年博洛尼亞國際插畫展，《六十六頭牛》獲第二屆圖畫書時代獎銀獎。

王 鶯

南京師範大學美術學院畢業，現任江蘇經貿學院藝術系美術教師，曾於2013年赴美國加利福尼亞大學做訪問學者。《我是老虎我怕誰》繪者之一，代表作繪本《丁點兒貓找朋友》獲江蘇省「五個一工程」獎。